VIIMEISET TUNNIT

MATIAS PÄIVÄNIEMI

VIIMEISET TUNNIT

Kustantaja: BoD™ – Books on Demand, Helsinki, Suomi
Valmistaja: Books on Demand GmbH, Norderstedt, Saksa
ISBN: **9789523307759**

KELLO 17.00- 8.59

klo 17.00-08.59 Ei niin minkäänlaista muistiku-
vaa tapahtuneesta. Samanlainen päivä kuin
yleensä. Viinaa ja sekoilua.

KELLO 09.00

Kello 09.00 Istun taas sängynlaidalla hirveässä krapulassa ja mietin, että miten olen taas tässä tilanteessa? Mikään ei taaskaan tunnu miltään, samaa paskaa päivästä toiseen. Nousen ylös ja avaan jääkaapin, toivoen, että siellä olisi edes muutama kylmä olut. Jotta pääsisin tästä krapulasta ja morkkiksesta, minkä olen taas itse aiheuttanut. En edes halua katsoa puhelintani, että mitä olen taas lähettänyt ja kenelle.

EI helvetti, miksi tämä elämäni menee taas näin? Yritän parhaani mukaan olla hyvä ihminen, mutta riippuvuudet vain vievät minua. Miksi edes haluan jatkaa tätä kärsimystä enempää. Ehkä kaikille olisi parasta, jos häipyisin kaikkien elämästä, jos vain katoaisin, kaipaisikohan minua edes kukaan? Eivät ainakaan perheeni, he käänsivät selkänsä minulle jo ajat sitten. Isäni menestyvä yrittäjä ja äitini alkoholisoitunut kotirouva. Hyvät lähtökohdat elämälle.

Jääkaapissa on vain valot ja yksi väljähtynyt avattu olut, juon sen ykkösellä naamariini ja olo ei parane yhtään. Pakko saada jostain lisää. Tyhjennän housun taskut, miten minulla on näin paljon kolikoita ja seteleitä taskussa. Eilen meni taas niin kovaa, että puolet päivästä on ihan sumun peitossa. Liikaa lääkkeitä ja alkoholia sekaisin. Lasken kolikot ja setelit, ei jumalauta melkein 5.000€ .

Puhelin soi, Make soittaa ja onnittelee minua voitosta eilen. Mistä helvetin voitosta kysyin? Olimme kuulemma olleet eilen pimeässä kasinossa ja olin voittanut siellä pokerissa 6000€. Ja kuulemma tarjonnut sen jälkeen kaikille, eli ihan minun tyylistäni, silloin kun on rahaa niin silloin sitä myös menee ja paljon. En ole ikinä osannut käsitellä rahoja, aina se menee mikä on tullutkin. Ei ole säästötiliä minulla, eikä plussakorttia. Silloin he saavat hakea minut vanhainkotiin, kun minulla on säästötili tai plussakortti.

Sovimme Maken kanssa treffit lähibaariin 9.45. Perinteeksi muodostuneet aamukaljat. Hyppään suihkuun, henkinen olo on todella hyvä, krapulasta huolimatta. Taas on rahaa millä mällätä, ja se tekee minut onnelliseksi tässä elämässä, juuri raha ja se arvostus mitä sillä saan muiden silmissä, tiedän, että se on vain harhaa. Mutta siitä tulee niin mahtava olo, saan taas olla tämän paskan kuningas.

Tiedän sisimmässäni, että tämä jengi missä pyörin, niin he käyttävät minua vain hyväkseen, silloin kun minusta on heille hyötyä, mutta ei se haittaa minua. Minun itsetuntoni on niin nollassa kaiken tapahtuneen jälkeen, että niin nollassa kaiken tapahtuneen jälkeen, että tarvin nyt tätä ihailua ja huomiota. Haluan olla se meidän jengin ykkösjätkä. Haluan tulla sellaiseksi, ketä kaikki ihailee ja arvostaa. Se on helppoa näissä piireissä missä pyörin. Kunhan vain tarjoaa kavereille, niin "ystäviä" riittää.

Tulen suihkusta ja pakko saada lisää juomista, en halua selvitä, eikä nyt tarvitsekaan, koska rahaa on . Katson kämppääni tai oikeastaan läävää. Kaljapulloja kämppä täynnä, vaatteet paskasina, kun ei ole ollut aikaa pestä, eikä kyllä haluakaan. Valitsen kasasta vaatteet, jotka eivät haise niin pahalta ja vedän ne päälle. Samalla ovikello soi, katson ovisilmästä. Siellä seisoo kaksi isoa miestä nahkatakit päällä ja toisella pesäpallomaila kädessä. He huutavat nimeäni, tiedän heti mistä on kyse. He ovat velanperijöitä. Kun sitä on käyttänyt päihteitä ja pelannut nyt viisi vuotta yhteen menoon, niin kallistahan se on ja on tullut lainattua viime kuukausina vääriltä tyypeiltä. Makehan minut heihin tutustutti, on siinäkin minulla kaveri.

Nyt olisi varaa maksaa osa velasta, mutta sitten olisin taas persauki ja sitä fiilistä en enää halua kokea. Persaukisen elämä on yhtä helvettiä. Mieluummin kuollut kuin persaukinen. Samalla tiedostan, että he eivät häviä mihinkään, ennen kuin saavat rahansa. Piilotan nopeasti rahat, jätän 1000€ pöydälle, olen velkaa heille 10.000€ , jos saisin tällä 1000€ edes vähän lisäaikaa. Avaan oven ja heti toinen miehistä käy kimppuuni ja työntää minut seinää vasten. Nyt ne helvetin rahat tänne tai sinulle käy huonosti, sinä tiedät, että meidän kanssa ei pelleillä, tiedät mitä muille samassa tilanteessa oleville on käynyt. Ja tiedänhän minä, yks parhaista kavereistani makaa tälläkin hetkenä vihanneksena keskussairaalassa, noiden jätkien pikku käsittelyn jälkeen. Eikä hänellä ole toivoakaan paranemisesta. Koneet pitävät hänet hengissä, mutta välillä sekin vaihtoehto tuntuu paremmalta kuin tämä elämä mitä nyt elän, joka aamu mietittävä mistä kehittää lisää rahaa rahoittaakseni tätä elämäntyyliä.

Olisikohan vain fiksumpaa vain maksaa 5.000e velastani heille ja sopia lopuille maksuaikaa. Olen kyllä jo pakoillut heitä niin kauan, että se mahdollisuus on jo käytetty. Tai no jos ajatellaan järkevästi, niin eihän minulla enää ole mitään menetettävää. Kuolemakin olisi parempi kuin tämä niin sanottu elämä mitä elän. Jopa vankeudessa elävät minkit ovat onnellisemmassa asemassa kuin minä.

Näytän rahakasaa pöydällä ja sanon, että enempää minulla ei ole ja hommaan kyllä rahat , mutta tarvitsen lisää aikaa. Toinen miehistä pitää minua edelleen otteessaan ja lyö minua kasvoihin nyrkillään. Olen saanut elämäni aikana niin monesti turpaan niin fyysisesti kuin henkisesti, että en enää välitä. Hän päästää minusta irti ja ottavat rahat. Ja sanovat, että tämä on sitten korko, tämä 1000€, että velka ei pienene yhtään, mutta saan jotenkin puhuttua päivän lisäaikaa. Huomenna on viimeinen mahdollisuus maksaa kaikki velat. Huomenna klo 9.00, heidän "toimistollaan". Heidän toimisto on paikka mihin kukaan ei halua vapaaehtoisesti. Se on yleensä paikka mihin saa vain menolipun. Harva on tullut takaisin kertomaan, millaista siellä on. No kohtahan pääsen itse tutustumaan kyseiseen paikkaa. En malta odottaa.

Toinen miehistä päästää minut irti ja toinen lyö vielä lähtiessään peilin säpäleiksi. He lähtivät onneksi aika nopeasti pois, eivätkä löydä rahakätköäni. Katson ikkunasta, kun he kaasuttavat uudella Mersullaan pois. Kyllä minullakin on vielä tuollainen menopeli, ajattelen itsekseni. Vaikka tässä tilanteessa, se kuulostaa kaukaiselta haaveelta. Nyt täytyy enää miettiä, mistä saan rahat? Autostereoiden tai huumeiden myymisestä ei saa tuollaista summaa kasaan päivässä, ei vaikka kuinka yrittäisin ja uskokaa, olen kokeillut. Olenhan yrittäjä perheestä, ja uskokaa, että olen yrittänyt. En kylläkään aina rehellisin keinoin.

Laitan kengät jalkaan ja suuntaan lähibaariin. Siellä koko jengi istuu taas ja hukuttaa murheitaan. Make on soittanut taas kaikki paikalle, he tietävät, että olen rahoissa, joten taas on haaskalinnut paikalla. Ei helvetti, miksi hyväksyn heidät elämääni. Silloin kun itse tarviin jotain, he eivät edes vastaa puhelimeen. Kävelen kohti baaritiskiä ja otan baarin kalleimman viskin tuplana ja vedän sen ykkösellä huiviin.

Vaikka sitä on pohjalla, haluan pitää jonkun tason yllä. Make ja muut huutavat että: "hei raha mies tarjoa muillekin, osta koko viskipullo ja tule istumaan tänne meidän kanssa". Teen työtä käskettyä, koska he kuitenkin ovat ainoat läheiset, mitä minulla on enää jäljellä. Säälittävää, mutta haluan kuitenkin jotenkin pitää heistä kiinni. Olisihan se säälittävää juoda yksin ja uskokaa pois, olen monet illat istunut yksin kotona pelaamassa nettikasinoa ja juomassa. Kun promillet kropassa nousee, lisääntyy myös pelaamisen riskinotto. Välillä sitä on voitettu isostikin, jos 15.000€ joku pitää isona rahana. Ennen työssäkäyvänä, se oli minun kahden viikon palkka. Olen kuitenkin aina halunnut enemmän. Tavallinen työssäkäyvän arki ei ole minua varten.

KELLO 10.00

Klo 10.00 Istun pöytään ja kaikki halaavat minua, mutta eihän tämä ole aitoa välittämistä. Tiedän, miksi he ovat niin minun kavereitani tänään. Saatanan Make ja sen suuri suu. Otan toisen viski paukun ja krapula alkaa pikkuhiljaa helpottamaan. Make kertoo ylpeänä viime illasta, kuinka hän vei minut kasinoon ja kuinka olin laittanut kaikki rahani peliin ja saanut suurvoiton. Saatanan paska jätkä, hän tietää, että minulla on todella vakava peliongelma ja olen myös riippuvainen lääkkeistä ja alkoholista. Mutta voinko syyttää häntä siitä? Olihan se tavallaan myös minun valintani.

Puhelin alkaa soimaan taskussa. Faija soittaa. Vastaan puheluun vastahakoisesti, koska tiedän mikä saarna sieltä tulee. Isäni on yksi isoimmista johtajista Suomessa. Eli meiltä ei ole ikinä pikkurahasta ollut puute, mutta enää hän ei minua auta taloudellisesti. Faija sanoo, että haluaa tavata minut ja puhua. Sovimme treffit hienoon keskustan ravintolaan klo 12.00 tänään. Pakko käydä ostamassa uudet vaatteet, että faijan ja sen kavereiden maine säilyy. Eihän hän halua näyttäytyä tällaisen pojan seurassa. Otan vielä yhden paukun pullosta, en selvinpäin halua tavata isääni. Nousen pöydästä ja teen lähtöä. Samalla myös koko jengi nousee ylös ja kertoo tulevansa meille, että käydään hakemassa lisää viinaa ja huumeita.

Minua ei enää edes jaksa kiinnostaa, heitän Makella kämppäni avaimet ja 500€ ja kerron, että minulla on lounas treffit keskustassa. Pyydän jengiä käydä ostamassa vodkaa ja viskiä ja amfetamiinia, koska tänään juhlitaan kunnolla, että minä tarjoan koko illan. Raha tuo minulle niin hyvän olon, en kestä tunnetta olla ilman. Raha tekee tästä elämästä elämisen arvoisen. Halaan vielä koko jengin, ennen kuin erkaannumme. Sisimmässäni tiedostan, että tämä voi olla viimeinen tilaisuus halata heitä. Nämäkö henkilöt ovat nykyään läheisiäni. Nämä paskalta haisevat haaskalinnut, mutta näillä korteilla mennään. Olen saanut syntymässäni käteeni täyskäden, mutta aikojen saatossa se on muuttunut ässä haihin.

Tilaan taksin ja sytytän tupakan. Mielessä pyörii tämän aamuinen, tiedän miten minulle tulee käymään, jos en saa hommattua rahoja. Hymähdän, että onhan minulla huomiseen klo 09.00 aikaa hoitaa fyrkat. Elämäni ehkä viimeiset tunnit ja lähtölaskenta on jo alkanut. Kello tikittää ja kovaa. Takaisin ei enää ole paluuta. Eikä menneisyyttä voi kukaan muuttaa.

Mikä helvetti siinä taksissakin kestää. Samalla kuulen takaani hennon äänen:" Hei komistus" Se on Tiina, tämän lähiön mielenkiintoisin nainen, ketä kaikki haluaa. Meillä on ollut jotain pientä säätöä, joskus, mutta eihän siitä mitään tullut. Tiina on erilainen kuin muut tämän korttelin naiset. Hänessä on jotain todella sydämellistä. Tiina on yksinhuoltaja, joka rakastaa ja välittää oikeasti lapsistaan. Vaihdamme nopeat kuulumiset ja lopuksi Tiina kysyy, että jos tulisin hänen luokseen syömään illalla. Todella houkutteleva ehdotus, mutta tänään juhlitaan. Kieltäydyn kohteliaasti tarjouksesta. Näen kuinka pahoitan hänen mielensä, mutta en todellakaan ala miksikään vara faijaksi hänen lapsilleen.

Tiina on tullut itse uskoon ja näyttää todella hyvältä ja seesteiseltä. Hän ei ole kuin muut uskikset, hän ei saarnaa siitä eikä yritä käännyttää ketään. Hänen silmissään paistaa rauha. Hänellä on ollut vaikea elämä. Paljon vastoinkäymisiä, mutta hän ei ole luovuttanut. Eikä ole alkanut turruttamaan itseään päihteillä. Miksi hän asuu tällä alueella? Eihän hän ole

17

sekakäyttäjä tai alkkis? Luulisi, että noin kaunis nainen löytäisi miehen, joka veisi hänet täältä kauas pois.

Hän näyttää olevan erittäin onnellinen elämäänsä, vaikka eihän hänellä ole kuin lapset ja Iso J. Samalla taksi kaahaa pihaan, halaan Tiinaa nopeasti, mutta samalla hellästi. Hyppään taksiin ja avaan ikkunan ja huudan Tiinan perään, käydäänkö kahvilla huomenna? Tiina vastaa hymyillen, että mennään vaan, jos tulet selvinpäin. Mikä helvetin vastaus tuo oli, hän tietää hyvin, etten pärjää tätä elämää ilman viinaa ja huumeita. Laitan taksin ikkunan kiinni ja pyydän taksi kuskia ajamaan keskustaan. Huomaan, että taksi kuski avaa ikkunan, en tiedä haiseeko täällä vanha vai uusi viina vai suorastaan paska. Mutta huomaan, että minusta lähtevä haju on kamala. Miksi olen päästänyt itseni tällaiseen kuntoon? , tulenhan varakkaasta perheestä.

Olen saanut hyvät kortit ja lähtökohdan tässä elämässä. Faija on kuitenkin tehnyt todella paljon töitä ja saavuttanut paljon tässä elämässä, siis taloudellisesti. Mutta kyllä hänkin on viinaanmenevä, hän on juoppo, joka hoitaa työnsä hyvin ja valinnut ammatin, missä saakin juoda työaikana, muka tärkeitä palavereita. Liiketapaamiset hoidetaan hienoissa ravintoloissa ja golf kentillä, aina juoden hienoa samppanjaa ja kallista viskiä ja konjakkia. Luxusjuoppoja kaikki. Mikä erottaa menestyvän juopon puistokemisteistä? Raha ja valta, se on ainut mikä heidät erottaa.

Taksi pysähtyy keskustaan. Maksan taksin 100€ setelillä ja sanon, että pidä loput. Ihan kuin minulla olisi varaa. Haluan kuitenkin tuntea itseni tärkeäksi. Niin minun tyylistäni, niin faijalta opittua, tämä kaikki. Iso ego taas tulee esiin. Ego, joka on kotoa opittu. Juurikin isältäni.

Isäni tulee köyhästä perheestä. Olen kuullut sen tarinan niin monesti. Miten heillä ei ollut mitään, välillä ei edes leipää pöydässä. Miten isäni on taistellut menestykseen huonoista lähtökohdista. Arvostan kyllä sitä piirrettä hänessä, muuten hän on kyllä yksi maailman huonommista vanhemmista. Enkä kyllä minäkään poikana ole ollut esimerkillinen. EN ole ikinä edes tuonut hymypoikapatsasta kotiin. Enkä kyllä mitään muutakaan. Ainut mitä olen kotiin tuonut, on huolia ja murheita.

Nousen taksista ja suuntaan kohti vaatekauppaa. Astun sisään kauppaan ja ihmiset katsovat minua alaspäin, ihan kuin olisin jokin saastainen eläin. Pahempaa kuin saastainen eläin, eläimet herättävät kuitenkin ihmisissä lämpimiä tunteita. Katson heitä ylimielisesti ja suuntaan kohti myyjää. Hän on nuori kaunis tyttö, hän katsoo minua kauniilla ihanilla silmillään. Ja kysyy, että kuinka voin auttaa? Aika jotenkin pysähtyy, kun katson hänen kauniita viattomia kasvojaan.

Hassua, miten joidenkin ihmisten läsnäolo vaikuttaa niin positiivisesti heti ensitapaamisella. Saan hädin tuskin avattua suutani, kun katson tuota luojan luomaa kaunista ilmestystä. Samalla hänen pomonsa tulee meitä kohti ja kysyy myyjältä, että onko kaikki hyvin ja jos ahdistelen hänen työntekijäänsä. Mikä helvetti tuokin luulee olevansa, jumalauta kun saan perinnön, niin ostan ihan piruuttaan tän koko kaupan ja annan ensimmäisenä potkut tolle tyypille. Saatanan pelle. Otan nipun seteleitä käteeni ja heitän ne esimiestä kohti ja sanon, saatanan köyhä pelle, tulin ostaan vaatteita. Samalla huomaan, että vartija nappaa minut kiinni ja käskee kerätä rahat ja poistua liikkeestä ja minulla ei ole ikinä mitään asiaa tähän liikkeeseen. Kerään nolona rahat lattialta, mieleni tekisi jättää ne siihen, mutta nyt ei ole siihen oikeasti varaa. Ei todellakaan. Nyt on kyse elämästä ja kuolemasta.

Nousen ylös lattialta, ympärilleni on kerääntynyt joukko ihmisiä, jotka päivittelevät käytöstäni ja jotkut myös kommentoivat, että noin niitä avohoitopotilaita annetaan vapaasti liikkua, meidän tavallisten veronmaksajien joukossa ja kuinka he elättävät myös minun kaltaisiani. Katson kommentoijaa silmiin ja sanon, olen elämässäni maksanut veroja enemmän kuin sinä tulet koskaan maksamaan. Huomaan ilmeestä, että ei hän usko minua. Ja miksi hän uskoisi, minun ulkoinen olemus ei ole parhaasta mahdollisesta päästä.

Kihisen raivosta, kun kävelen ulos liikkeestä. Suuntaan läheiseen baariin ja tilaan kaksi olutta ja vedän ne nopeasti naamaan. Olen dokannut niin paljon, että eihän tämä enää ole edes kivaa. mutta pakko saada pää sekaisin tavalla tai toisella. Katson kelloa, pitäisi tavata faija kohta ja vieläkin olen näissä likaisissa ja pahoilta haisevissa vaatteissa. Pakko käydä hakeen uudet vaatteet, vaikka faija on mikä on, niin arvostan häntä kuitenkin todella paljon.

Olen joutunut myymään todella paljon omaisuuttani, että saan rahoitettua minun elämäntyylinen, mutta faijalta saatu Rolex on ainut esine, mitä en myy ikinä. Kun valmistuin kauppakorkeasta, sain sen häneltä lahjaksi. Silloin hän oli ylpeä minusta. Se oli ehkä ensimmäinen ja viimeinen kerta kun olen saanut häneltä halauksen. Pyyhin kyyneleet silmistäni ja suuntaan kohti uutta vaatekauppaa. Haen nopeasti uudet farkut ja kauluspaidan, tällä kertaa en järjestä kohtausta. Yritän käyttäytyä hyvin ja asiallisesti.

Näen kuinka ihmiset katsovat minua kuin olisin ryöstämässä kauppaa tai jotain. Saan kuitenkin ostettua vaatteet. Katson kelloa, vielä 20 minuuttia niin tapaan faijan läheisessä ravintolassa. Kerkeän käydä ottamassa pari shottia läheisessä baarissa ja vaihtamassa siellä vaatteet. Tiedän, kuinka tarkka isä on kulisseista, vaikka elämä on muuten ihan päin helvettiä, niin aina pitää näyttää hyvältä ulospäin. Sen olen faijalta oppinut. En sitten tiedä onko se hyvä vai huono asia. Suuntaan baaritiskille, tilaan pari viskiä, ihanaa kun nyt saa juoda laatujuomia, kun rahaa on, eikä sitä Maken ja porukan tekemää kiljua, hyi helvetti mitä paskaa se onkaan, laatu viskiin verrattuna. Mutta sitäkin on tullut vedettyä todella paljon aina kun rahat on ollut tiukalla. Ja viimeisten vuosien aikana rahat on ollut jostain syystä tiukalla. Olen yrittänyt tehdä hanttihommia, mutta ulosoton jälkeen, on kannattavampaa nostaa tukia ja tehdä pieniä rikoksia. Ihan sairas tämä systeemi. Ulosotossa olevien ei kannata tehdä töitä. Ja vaikka tekisin töitä, eivät lyhennykset riittäisi edes korkoihin. Eli jos en voita isosti tai saa hyväpalkkaista työtä, ei tässä muuten ole mitään järkeä. Työpaikan saantia vaikeuttaa todella paljon rikokset ja iso aukko CV:ssä. Ja kuka edes minua palkkaisi. Juoppoa peluuria.

Suuntaan kohti vessaa, enää kymmenen minuuttia faijan tapaamiseen, tiedän että hän on erittäin tarkka aikatauluista. Eihän hän varmasti muuten olisikaan menestynyt niin hyvin tässä elämässä. Avaan vessan oven, siellä on yksi tuttu diileri. Ostan häneltä gramman amfetamiinia ja piikitän sen välittömästi. Amfetamiini antaa niin hyvän tunteen, se on paljon parempaa kuin alkoholi. Amfetamiini lisää valppautta, jännitystä ja hyvän olon tunnetta. Jo pieni määrä ainetta aktivoi motorisesti, älyllisesti ja sosiaalisesti. Juuri Amfetamiinin avulla sain tehtyä paljon töitä isäni firmassa. Olinhan silloin yksi suomen parhaimmista myyjistä, noin viisi vuotta sitten, ennen kuin jäin koukkuun huumeisiin, pelaamiseen ja alkoholiin. Vaihdan vaatteet, näytän jopa ihmiseltä ja amfetamiinikin alkaa vaikuttamaan. Olo tuntuu taas voittajalta. Pysähdyn vessan peilin eteen ja katson kalpeita ja harmaita kasvojani. Miksi elämäni on tällasta, tällasta saatanan taistelua koko ajan? Miten aina onnistun ajamaan itseni tähän jamaan? Minulla oli elämälle kaikki hyvät lähtökohdat ja puitteet.

KELLO 12

Suuntaan kohti ravintolaa, jossa faija jo odottaakin punaviinipullo nenän edessä. Muistan, kuinka vihasin jo nuorena tuota joka päivästä tissuttelua. TOTA saakelin ummehtuneen marjamehun hajua. Kummatkin vanhemmat tissuttelivat aamusta iltaan. Töitä tehtiin paljon, mutta alkoholi oli kuitenkin koko ajan läsnä meidän arjessamme. Ja olihan se helppo tissutella, kun kuitenkin lastenhoitajat hoitivat minua ja siskoani. Vanhemmat eivät olleet ikinä paikalla eikä läsnä. Ja kun he olivat, olivat he molemmat kännissä. Meiltä ei puuttunut taloudellisesti mitään, mutta rakkautta eikä hellyyttä ollut. Oli vain menestykäs työ ja alkoholi. Siihen maailmaan minä olen kasvanut. Se on se mitä pidän elämänä. Raha ja valta.

Isä katsoo minua kummasti, silmistä huomaa, että kohta on lähtö lähellä, faijan koko olemus on muuttunut, siitä komeasta ja menestyvästä yritysjohtajasta on kuoriutunut vanha pöhöttynyt mies. Tietenkin Armanin puku päällä, mutta jos noi merkkivaatteet, paksut kultaketjut ja rolexin ottaisi pois, niin hän menisi ihan samaan kastiin kuin puistossa kittaavat alkkikset. Hän näyttää melkein vanhalta ja likaiselta parittajalta.

En ole tavannut isääni yli neljään vuoteen, mutta huomaan miten alkoholi on vaikuttanut häneen, eikä todellakaan positiivisessa mielessä. Hänen kasvonsa ja silmänsä ovat keltaiset. Mietin, että onkohan tämä viimeinen kohtaaminen hänen kanssaan? Pitäisikö minun pyytää anteeksi käytöstäni? Tai ainakin esittää, että olen pahoillani. EN ole mitenkään uskonnollinen ihminen, kaukana siitä. Mutta antoihan

Jeesuskin anteeksi häntä vastaan rikkoneelle. Vertaanko nyt itseäni tai Isääni Jeesukseen.

Hän alkaa heti kertomaan siskostani, joka menestyy hyvin elämässä. Hänestä on tullut meidän yrityksemme toimitusjohtaja, isä on siirtynyt sivuun ja aikoo nauttia elämästä, tai niistä päivistä/ viikoista mitä hänellä on jäljellä.

Hän on eronnut äidistämme ja tapailee jotain nuorta naista. Hän kehuu siskoani, kuinka hyvin hänellä menee ja kuinka hän menestyy ja on saanut kasvatettua yritystä. Kuinka liikevaihto on jo melkein 30 miljoonaa euroa. En jaksa kuunnella tota paskaa yhtään enempää, tilaan lisää viskiä. En kyllä ihan selvinpäin tätä paskaa ala kuuntelemaan. Isä nauraa ja kehottaa minua ottamaan itseäni niskasta kiinni. Hymyilen hänelle ja sanon, että paraskin puhuja. Tiedän, että hän ei kestä kritiikkiä itseään kohtaan, samoin en minäkään. Ehkä olemme kuitenkin liian samanlaisia isäni kanssa, ehkä siksi meillä on ollut niin paljon ongelmia.

Nousen ylös tuolista kaataen tuolin, ja katson isääni silmiin ja kehotan häntä painumaan helvettiin, voi saatana mikä pelle. Juuri olin pyytämässä häneltä anteeksi ja samalla toivoin, että saisin myös itse, vaikka Hän on pilannut minun elämäni. Vaatinut minulta paljon. Hän vain nauraa ja haukkuu minua luuseriksi. Ehkä olenkin, mutta ei sitä minulle tarvitse kertoa

Isä kuitenkin katsoo minua ja pyytää tulla lounaalle huomenna klo 15, koska hänellä on kuulemma tärkeää asiaa. Siskoni tulee myös. Siskoni Tuo menestynyt ihminen, jolla on kaunis perhe. Kaikki harrastavat golfia ja tennistä. Lapset pärjäävät hyvin koulussa ja harrastuksissa. Oikea unelma perhe, missä kaikki on hyvin ja elämä hymyilee. Ja sitten olen minä, perheemme tuhlaajapoika, joka vain haluaa pi-

tää hauskaa. Tai niin olen itselleni kertonut. Ei-
hän tämä elämä ole ollut hauskaa moneen
vuoteen. Ihan perseestähän tämä on. Huo-
maan meneväni riippuvuudesta riippuvuuteen.
Elän päivän kerrallaan. Elämäni on yhtä taiste-
lua.

KELLO 13.00

Astun ulos ravintolasta. Istahdan puiston pen-
kille ja mietin, että en voi oikeasti jatkaa tätä
elämää näin. Vielä viisi vuotta sitten olin mei-
dän yrityksessämme töissä ja menestyin. Asuin
kattohuoneistossa, ajoin avoautolla ja matkus-
telin ympäri maailmaa. Nyt istun tässä puis-
tonpenkillä ja oikeasti pilaan elämäni. El nyt
tämä itsesääli saa loppua, ehkä pitäisikin ottaa
itseään niskasta kiinni ja tehdä jotain elämälle.

Samalla puhelin soi. Make soittaa ja kyselee,
milloin saavun kotiin. Siellä kuulemma erittäin
hyvä meno päällä ja kaikki alkaa olla aika sekai-
sin päihteistä. Kerroin hänelle, että tässä me-
nee vielä vähän aikaa. En vaan nyt jaksa stres-
sata. Yritän huomenna olla ilman päihteitä.

Mietin Tiinaa ja kuinka levollinen hän oli. On-
nistuisikohan minultakin tollainen elämä?
Osaisinko minäkin? Olen aina sisimmässäni ha-

lunnut perhe elämää tai oikeastaan normaalia elämää.

Mutta mikä tässä maailmassa on enää normaalia. Se, että käy töissä huonolla palkalla ja pääsee kerran vuodessa johonkin hikiseen espanjaan, johon on joutunut säästää vuoden. Ja sitten vedetään viikon känni ja ollaan edes viikon iloisia ja tyytyväisiä elämään. Vai onko sekin vain ostettua harhaa?

Ei kiitos, ei se sovi minulle. Haluan olla vapaa ja tehdä mitä haluan. Vai onko tämä vaan itselle valehtelemista? Minun sisälläni on kuin kaksi ihmistä, toinen kehottaa muuttamaan elämäni suunnan ja toinen toteaa, että ei tässä ole enää mitään menetettävää. Kumpaa ääntä kuuntelen? Ei jumalauta, olenko minä tulossa hulluksi? Käyn tätä samaa vuoropuhelua itseni kanssa, kuten aina ennenkin. Ainut millä saan tämän yksinäisen vuoropuhelun lopetettua, on alkoholi ja muut päihteet. Ehkä siksi juuri juon aina niin, että sammun. En ole ikinä osannut ottaa ns. sivistyneesti. Aina ollut viimeinen, joka nousee pöydästä, aina se kaveri, jolle maistuu aina ja joka ei osaa lopettaa. Muistan ne ulkomaanmatkat perheeni kanssa, se oli yhtä juomista joka kerta. Ei siinä yhtään selvää tuntia kerinyt olla. Dokaaminen alkoi aina jo lentokentällä, jatkui koko lentomatkan ja koko loman ajan. Muut perheet nauttivat toistensa seurasta ja eri aktiviteeteista, mutta meidän perhe on aina rakastanut pulloa. Se on ollut se elämäntarkoitus ja pohja.

Samalla viereeni istahtaa yksi puistokemisti. Hänellä on liian iso villapaita ja kulahtaneet Adidas verkkarit. Muotitietoinen juoppo. Hänen pitkä musta partansa on tyylikäs, melkein olen tosta parrasta hänelle kateellinen.

Tuo on pohjalla. En minä ole samanlainen, minulla on vielä mahdollisuus, hänellä ei ole. Hän pyytää rahaa, jotta pääsisi katsomaan lapsenlastaan. Hymähdän, eikai se luule, että uskon tota. Itse olen vuosia pummannut rahaa eri ihmisiltä,aina eri tekosyillä, mutta he ovat laittaneet rahahanat kiinni jo aikoja sitten. Enkä kyllä yhtään ihmettele. Osasin käyttää ihmisiä hyväksi ja manipuloida heitä. Aluksi maksoinkin aina takaisin velkani, mutta sitten se vain jäi. Menot olivat niin paljon suuremmat kuin tulot.

Katson kemistiä suoraan silmiin ja sanon, että annan sinulle 50€ , jos olet rehellinen minulle. No viinaan ne menevät hän karjaisee, viinaan perkele. Otan taskustani 50€ ja annan hänelle. Samalla miettien hänen tarinaansa, miksiköhän hän on joutunut tuohon tilanteeseen.? Mikä on ollut se laukaiseva tekijä? Haluaisin oikeasti kuulla hänen tarinansa, mutta nyt ei ole aikaa. Ei hänen tarinansa kuuleminen auta minua eroon tästä sotkusta.

Samalla nousten ylös puiston penkiltä ja sanon, että pidä hauskaa, pistä elämä risaiseksi. Hän ei edes kiitä minua, ei osoita minkäänlaista kiitollisuutta. Onko se tämän maailman palkka? Kaikki haluavat toisilta ilmaiseksi kaikkea, mutta ei koskaan anna mitään takaisin. Miksi tämä elämä on tällasta? Onko ihminenkin vain kauppatavaraa, kaiken tämän materian keskellä. Käytämmekö oikeasti vain toisiamme hyväksi ja menemme kohti omia unelmia? Unelmat ovat tärkeitä, vai onko sittenkään? Onko meidän tarkoituksemme vain selviytyä päivästä toiseen, samat taistelut päivästä toiseen.

Lähden kävelemään kotiin päin. Siellä varmaan juhlat käynnissä. Pysähdyn välillä katsomaan onnellisia pariskuntia lapsineen. Heidän nau-

runsa ja onnellisuutensa saavat minutkin py-
sähtymään. Minäkin haluan tuollaista elämää,
ajattelen. En ehdi kauan haaveilla, kun näen ne
korstot kadun toisella puolella, juuri ne jotka
kävivät kotonani. Pitäisikö minun vain maksaa
heille, silloin olisin pelastanut itseni, ainakin
täksi päiväksi. Mutta eihän minulla ole kasassa
edes koko summaa.

Menen auton taakse piiloon ja toivon, että he
eivät huomaa minua. Vaikka he lupasivat mak-
suaikaa, ei se estä heitä pieksemästä minua.
Haluan vaan niin paljon pois tästä tilanteesta.
Pitäisiköhän kysyä faijalta rahaa, tai äitiltä tai
siskolta. Ajatus ei kyllä houkuta minua ollen-
kaan. Yritän vielä kerran itse hommata rahat,
vaikka väkisin. Onhan minulla vielä edes joku
itsekunnioitus jäljellä. Vai onkohan sittenkään?
Osaan kyllä halutessani puhua heidät puolelle-
ni, lupaudun vaikka hoitoon.

En nyt jaksa nähdä Makea ja sitä jengiä. Ehkä pitäisikin ottaa vastaan Tiinan kutsu. Olisikohan se vielä myöhäistä? Kohta kuitenkin Make ja muut ovat niin pöllyissä, että eivät he minua edes kaipaa. Heille riittää, että saavat olla sekaisin. Jatkan kävelyä kaupungilla ja mietin asioita. Miten saan edes rahat kasaan huomiseksi, mistä minä sellaiset rahat pieraisen? Pitäisiköhän minun mennä kokeilemaan Kasinolle vielä onneani. Ajatus houkuttaa valtavasti. Pysähdyn grillillä ja otan hampurilaisen, en muista edes, milloin olen viimeksi syönyt. Koska kuten saatat arvata kaikki rahat ovat menneet juomiin, huumeisiin ja pelaamiseen. Ajatus kasinolle menemisestä houkuttaa yhä enemmän. Menen kyllä tänään lailliselle Kasinolle, en kaipaa enää uusia vaikeuksia. Tiedän, mitä tapahtuu, jos jäät velkaa väärille ihmisille.

Otan taksin lennosta ja suuntaan Kasinolle, nyt pääsen ehkä jopa sisään, kun vaatetus on kunnossa. Minulla on vahva usko, että tulen sieltä ulos voittajana. Pelaaminen on ratkaisu tähän minun ongelmaani. Silloin, ei tarvitse ottaa yhteyttä enää sukulaisiin ja jollain verukkeella pyytää heiltä rahaa. Selviydyn tästä kaikesta voittajana, saan elämäni kuntoon vielä. Minulla on sellainen kutina persiessä tai sitten ne on peräpukamat, jotka kutittaa. Tiedä häntä.

Taksi pysähtyy kasinon eteen, maksan taksin ja kuski toivottaa peli onnea. Sitähän minä kyllä tarvitsenkin. Pysähdyn vielä kasinon edessä ja poltan savukkeen ja lasken rahat, enää vähän yli 3000€ taskussa. Nämä rahat pitäisi triplata tänään. Onhan se aikaisemminkin onnistunut, miksei se nyt onnistuisi? Nyt menen ja voitan. Maksan velkani ja muutan pois täältä hikisestä Suomesta. Aloitan kaiken alusta. Aivan kaiken. Menen katkaisuhoitoon ja varaan ajan psykoterapeutille. Hymyilen, nyt asiat onnistuvat. Niiden on vain pakko.

Joskushan minunkin onneni on käännyttävä. Tänään on se päivä. Näen jo silmissäni, miten saan maksettua velkani ja olen vihdoinkin vapaa. Vapaa kaikesta säätämisestä, vapaa veloista, vapaa tästä kaikesta paskasta. Vapaa huudan kovaan ääneen, ihmiset katsovat minua, mutta en jaksa enää välittää. Ihan sama mitä he minusta ajattelevat. Minä olen kyllä sen sortin filosofi. Minkä lahjakkuuden maailma onkaan minussa menettänyt. Tänään on se päivä, milloin maailmani muuttuu. Saan maksettua velkani ja aloitan suhteen Tiinan kanssa ulkomailla. Mutta uskovaiseksi en kyllä ala, olen liian fiksu siihen hommaan. Osaan vielä ajatella omilla aivoillani. Ihmiset ovat yksilöitä, ei minkään lauman orjia. Vai auttaisiko se minua, jos menisin kirkkoon laulamaan hoosiannaa. Hoosianna Davidin poika, pa dam. Ota Jeesus elämääsi ja kaikki järjestyy. Eihän kukaan voi oikeasti uskoa tuohon, eihän?

KELLO 15.00

Näiden ajatusten saattelemina Astun Kasinolle sisään ja ensin minun on tunnistauduttava kasinon hoitajalle, sehän ei ole mikään ongelma, vai onko sittenkin? Olenkohan minä täälläkin kännissä riehunut? Pääsen kuitenkin sisään. Yes, saan nyt tehdä sitä mitä rakastan eli juoda ja pelata, pelata ja juoda. Samalla puhelin soi, Make yrittää selittää minulla jotain, on kuulemma tapahtunut jotain kauheaa ja hänen on nyt poistuttava. Yritän kysellä häneltä, mutta hän on liian sekaisin. Kieli ei melkein enää taivu hänen suussaan. Hän katkaisee puhelun ja toivottaa hyvää loppu elämää. Mitähän tuokin nyt taas tarkoitti? Sekaisin koko jätkä. Tallaisia kavereita minulla on. Oikeita tulevaisuuden toivoja, jokaisen anopin unelmavävyjä. Make on monesti uhkaillut itsemurhalla. Mutta eihän se ikinä tee itselleen mitään, kunhan hakee sääliä.

En jaksa miettiä asiaa sen enempää ja suuntaan ensimmäiseksi baariin hakemaan juomista, nyt on ihanaa luoda laatu juomia. Olenhan oikein isäni poika. Luxus-juoppo. Sehän isäni erottaa puistokemististä. Hienot vaatteet, luxus juomat, ulkomaanmatkat ja hienot puitteet.

Tilaan ulkomaalaisen oluen. Istahdan pelikoneen ääreen. Fiilis on korkealla kaikesta tapahtuneesta huolimatta, vaikka keinotekoista tämä kaikki on. Päihteillä saatu olotila. Häviän ensimmäisen satasen ja sitten toisen ja kolmannen. Pelin kiekot vain pyörivät antaen pieniä voittoja. Ei tämä pelaaminen ole ollut kivaa enää aikoihin. Ja mitä sitten, vaikka voitankin. Pelaan yleensä kaikki takaisin.

Pitäisiköhän vaihtaa pelikonetta vai siirtyä suoraan rulettiin. En kuitenkaan malta lopettaa pelaamista tällä koneella. Jos se vielä antaisikin sen jättipotin. Tästä koneesta minulla on mahdollisuus voittaa se 25.000€, mikä auttaisi minua uuden elämän alkuun, mutta häviän vain lisää rahaa tähän saatanan automaattiin.

Paljon myöhemmin ja 800€ köyhempänä nousen koneelta. Tämän koneen on joku jo tyhjentänyt, ajattelen ja suuntaan kohti baaria. Toinen olut käteen ja uudelle pelikoneelle. Ongelmathan yleensä ratkeavat sillä millä ne ovat tulleet.

Ei kun lisää rahaa koneeseen, pelaan 100€ ja vielä toisen ja kolmannen. Kone antaa pieniä voittoja, mutta ei se ole sitä, mitä olen tullut hakemaan. Tänään voitetaan isosti. Pakkohan sen onnen on välillä kääntyä. Monta vuotta mennyt pelkkää alamäkeä. Siitä asti, kun menetin työni isäni firmassa päihteiden ja pelaamisen takia. Eikä luottotietojakaan enää ole. Pelin saldo vain vähenee ja vähenee. Antaisi nyt edes vapaapelejä, vapaapeleillä sitä on ennenkin voitettu isosti. Vapaapelit ovat juuri se koukuttava näissä peleissä. Sairasta, vaikka olet hävinnyt satasia koneeseen, niin ilmaiskierrosten osuessa kohdalle, tuntuu sekin jo voitolta.

Samalla puhelin soi, tuntematon numero. Varmaan taas joku noheva lehtimyyjä yrittää tavoitella, miten he edes jaksavat koko ammattia. Silloin kun myydään, niin myydään jotain isoa, kuten minä ennen. Myin isäni firmassa asuntoja rikkaille. Ison kiinteistöketju koko Suomessa, jota johtaa juoppo perheeni. Voi kun kaikki tietäisivät mitä niidenkin kulissien takana on tapahtunut. On sattunut pahoinpitelyitä, veropetoksia, haamu laskutusta. Ja kaikki tämän vaiva rahan takia. Pienten ryppyisten paperipalojen takia, mutta nämä ryppyiset rahat taskussani antaa kuitenkin ihmisille toivoa paremmasta huomisesta. Kaikkihan haluavat rikastua ja menestyä elämässä.

Laitan puhelimen äänettömälle, nyt ei mikään saa estää pelaamistani. Ihan sama vaikka joku olisi kuollut, nyt pelataan ja voitetaan. Lataan lisää seteleitä koneeseen. Nyt vihdoin kone antaa 20 vapaapeliä kertoimella kolme. Kun panos on 5€ , on tämän koneen pakko antaa jotain. Katson innoissaan ilmaiskierroksia , nämä ovat se syy miksi pelaaminen on niin hauskaa, juuri ilmaiskierrokset ja se voiton mahdollisuus. Suljen silmäni ja toivon parasta, jos uskoisin Jumalaan, niin nyt voisin rukoilla.

Ensimmäiset ilmaiskierrokset pyörähti ja saldo kasvoi 400€ , ihan hihkun onnesta, nyt minun tuurini kääntyi. Kun viimeiset ilmaiskierrokset ovat menneet, on saldo noussut 2000€ . Mahtavaa. Otan rahat ulos koneesta ja huomaan olevani voitolla 900€, eihän tämä vielä riitä velkoihin. Nyt kasassa 3900€, Katson Rolexiani ja se näyttää 16.30.

Minulla ei ole aikaa kovinkaan paljon enää. Huomenna klo 09.00 minulla on oltava 10.000€ kasassa tai muuten... Paljonkohan tästä perkeleen kellosta saisi pantattuna? Olisinko valmis siihen? Se on kuitenkin ainut hyvä muisto isästäni, silmäkulmani kostuu. Ei nyt en ala itkemään sen juopon narsistin perään. Vielä on aikaa fixata tämä kaikki. Minun pitää vain löytää keinot siihen. Ja siinähän minä olen hyvä, peittelemään ongelmiani ja selviytymällä päivä kerrallaan. Se on se minun juttuni.

Nyt vihdoin tiedostan tilanteen vakavuuden, olen huuhtonut murheet alas päihteillä. Ja tämä kaikki johtuu tästä saatanan peliriippuvuudesta. Peliriippuvuuteni alkoi jo teini-iässä, isän kanssa raveissa joka viikonloppu. Tämä kaikki on isäni vikaa. Jos hän olisi ollut minulle oikea roolimalli, en nyt istuisi tässä pelikoneen äärellä olutta juoden. Vai voinko syyttää tästä isääni? Tunteeni ovat niin ristiriidassa keskenään. Miten selviydyn tästä voittajana? Mistä saan vajaa 6000€ huomiseen kello 09.00 mennessä. Juon oluen loppuun ja lähden ulos tupakalle. Tiedän ja tiedostan, että pelaaminen tulisi loppua nyt. Vielä kun olen edes pikkaisen voitolla. Mutta ei tämä raha määrä riitä, en saa enää yhtään lisää maksuaikaa.

KELLO 17.00

Astun ulos kasinolta ja sytytän tupakan, voi kuinka hyvältä se maistuu kaiken tämän oluen jälkeen. Tämäkin on yksi minun niin monesta riippuvuudesta. Puhelin soi taas, taas tuntematon numero. Vastaan puheluun. Toisessa päässä on poliisi, joka kyselee olenko asunnon peltokorventie 5 c 18 omistaja? Olen kyllä,vastaan. Poliisi kehottaa minua tulemaan välittömästi poliisilaitokselle selvittämään asioita. Mitä asioita? Yritän udella poliisilta puhelimessa, mutta hän ei vastaa. Kehottaa vaan tulemaan välittömästi poliisilaitokselle.

Sytytän toisen tupakan. Ei mene taas tämä elämä putkeen. Mitähän siellä asunnossa on tapahtunut? Miksi Make soitti niin ihmeellisen puhelun? Ei minulla ole aikaa käydä poliisilaitoksella, minulla on omiakin ongelmia tässä hoidettavana. Kävelen vastapäiseen ravinto laan, tilaan oluen ja istahdan pöytään. Miettien, että mitä minun pitäisi tehdä? Miten selvitän nämä ongelmat, vai voiko näitä enää edes selvittää? Olisiko parempi vain kadota ulkomaille vai olisiko parempi tehdä itsemurha? Näiden ajatusten saattelemina kumoan oluen alas.

Katson ympärilleni, tämä onkin vähän hienompi ravintola. Menestyneet ihmiset ovat tulleet yhdelle työpäivän jälkeen. Mitähän nuokin tietävät elämästä? He heräävät aamulla ja syövät perheen kanssa terveellisen aamupalan ja vievät lapset kouluun ja tarhaan, ennen töihin menoa. Viettävät töissä tuotteliaan päivän, tuoden verorahoja yhteiskunnalle. Töiden jälkeen he hakevat lapsensa, laittavat heille ruokaa ja auttavat läksyissä. Lukevat iltasadun ja loppuillan viettävät puolison kanssa sohvalla, elokuvia katsellen ja tulevaisuutta suunnitellen. Välillä minullakin on ikävä sitä tunnetta, kun joku rakastaa ja oikeasti välittää.

Usko, tai älä. Minullakin on ollut tuo kaikki. Olen saanut maistaa pienen palan taivasta. Olin menestyvä myyjä, oli kattohuoneisto, kaunis vaimo ja lapsi. Niko on varmaan jo 6 vuotta. Mutta vaimo on uusissa naimisissa lääkärin kanssa. En ole nähnyt poikaani pitkään aikaan. Joskus käyn tarhan aidan takana katsomassa häntä, miettien, että mitä jos asiat olisivat menneet toisin?

Nikolla on minun vaaleat hiukseni ja minun piirteeni. Taas kyynel hiipii silmäkulmaani. Niko ei edes varmaan tunne minua, hän oli yksi vuotias, kun erosimme vaimoni kanssa, Johtuen huumeista ja henkilökohtaisesta konkurssista. En ole hänelle se isä, jota hän ansaitsee. Olenhan vain viinaan menevä peluri. Juuri niin huippumyyjän titteli on vaihtunut juoppoon peluriin. Pitäisi oikein teettää käyntikortit uudella tittelillä. Mikko Pasanen Juoppo peluri.

Tilaan toisen oluen ja jatkan Nikon miettimistä. Meillä oli silloin perheenä kaikki hyvin. Oli menestystä ja rakkautta. Heidän on varmasti parempi ilman minua. Olenhan sössinyt kaikki osa-alueet elämässäni.

Nikoa rakastan kyllä. Hän ei vain sovi tähän elämäntyyliin. Nikolla on jo uusi sisko, Nea nimeltään ja Ex-vaimoni uusi mies on adoptoinut myös Nikon. Eihän minulla ole edes sijaa siinä perheessä. Ei enää, ei kaiken tämän jälkeen. Kiitän oikeasti, että asiat menivät näin. Nyt he saavat olla onnellisia ilman minua. Otan viimeisen kulauksen oluesta. Ei tämä mene enää edes päähän. Rupeaa pissattamaan vaan. En enää jaksaisi elää näin, mutta tämä on se elämä mihin olen tottunut. Lähiössä missä asun, kaikki elävät näin. Talossamme ei ole montaa lapsiperheitä, siellä on ollut paljonkin lapsia, mutta sosiaali-ihmiset ovat hakeneet kaikki pois. Eihän se ole edes lapsien paikka kasvaa.

Poliisit käyvät siellä päivittäin, joko perheväkivallan takia tai muissa asioissa.

KELLO 18.00

Astun ulos ravintolasta. Katson hymyileviä kiireisiä ihmisiä. Huomaan nuoren parin, jotka kävelevät käsikädessä välillä suudellen. Nuori rakkaus on niin ihanan näköistä. Heillä on vielä tulevaisuus auki, he pystyvät tehdä mitä vain. Heille vain taivas on rajana. Taivas rajana? Mistähän tuokin sanonta tulee?. Olenko vain tyhjiä kliseitä koko mies?

Katson taas rolexiani, kello on jo 18.00. Istahdan väsyneenä puiston penkille. Sytytän taas tupakan. Samalla poliisi auto pysähtyy viereeni. Autosta nousee tuttu poliisi. Ylikomisario Paananen. Paananen on hauskan näköinen mies. Paananen on noin 45 vuotias lihavahko partainen mies. Paananen huikkaa, Mikko sinun pitäisi nyt lähteä meidän mukaan. En ole tehnyt mitään väärää vastasin. Sinun on parasta vaan tulla autoon Mikko. Silloin kun poliisi kutsuu etunimeltä ja tuntee kasvot, niin silloin voi jo sanoa olevansa poliisin vanha tuttu. Olemmehan Maken kanssa työllistäneet kaupungin poliiseja todella paljon viimeisen viiden vuoden aikana. Olisikohan heillä edes töitä ilman meitä. Me ansaitsimme Maken kanssa jotkut mitalit tai edes pulla kahvit.

Nousen ylös ja kävelen autoa päin. Istahdan maijan taakse. Tuntuu, että matka kestää ikuisuuden. Mietin, että minun lapsuuteni haave oli poliisi tai palomies. Lapsuuden haaveet eivät aina toteudu. eivät todellakaan. Jos asiat olisivat menneet toisin, voisin nyt istua Paanasen parina maijassa, eikä asiakkaana täällä takana.

Ajatus huvittaa minua. Huudan Paanaselle, että ruvetaanko tekemään hommia kahdestaan, jos haen poliisikouluun. Paananen ei vastaa. Hänkin varmaan ymmärtää ajatuksen mahdot-

tomuuden. Pitäisikö ihan piruuttaan hakea po-
liisikouluun, saisivat poliisit ainakin hyvä nau-
rut. Maija pysähtyy poliisilaitoksen eteen.
Paananen avaa oven ja päästää minut ulos.

Mikko emmehän me tarvitse rautoja tänään,
emmehän, hän kysyy rauhallisella karhumaisel-
la äänellä. Paananen on paras poliisi, hän saa
jopa juopot laulamaan matkalla putkaan. Sii-
hen ei moni tämän kaupungin poliisi pysty. Ei
tarvita tällä kertaa vastaan hymyillen.   Vaikka
monta kertaa olen tarvinnut. Ne kerrat, kun
Paananen on hakenut minut milloin mistäkin.
Joko olen sammunut kadulle tai tapellut port-
sarin kanssa. Kaksi tuomiota olen saanut pa-
hoinpitelystä. Siinäkin on kaksi liikaa, jopa mi-
nun kaltaiselle rapajuopolle. Mutta Paananen
on reilu mies.

Minkähänlaista elämäni olisi ollut, jos Paana-
nen olisi isäni? Olisinko saanut paremmat läh-

tökohdat elämääni? Olisinko minäkin silloin kunnon kansalainen?

Paananen saattaa minut kuulustelu huoneeseen ja kysyy minulta Rolexista, kysyy onko aito ranta-rolex? On on vastaan sarkastisesti. Kunpa hän tietäisi, että kädessäni roikkuva Rolex on ainut muisto entisestä elämästä. Ainut hyvä muisto. Muisto, jota kukaan ei ikinä tule viemään minulta. Istahdan kuulustelu huoneeseen ja pian myös rikostutkija päivänurmi astuu huoneeseen. Hän on nuori, nuorempi kuin minä. Oletko juuri päässyt tarhasta? kysyn

Hän ei vastaa, on aika tiukka setä. Minun arvostus poliiseja kohtaan on nolla. Paitsi Paananasta arvostan, hän ei ole samanlainen kuin muut. Hänessä on jotain aitoa ja rehellistä.

Rikostutkija Päivänurmi avaa minun kansioni koneella ja hämmästyy pitkää listaani. Pahoinpitelyjä, petoksia, varkauksia... Hän katsoo keskittyneesti ruutua ja tietojani. Nostaa kasvonsa ruudusta ja kysyy, miten oletkaan kerinyt tehdä nämä kaikki ja olet noin nuorikin vielä? Minäkö nuori tokaisen, olen kyllä elänyt sellaista elämää. olen tehnyt asioita ja pettänyt läheiseni niin monesti.

Missä olet ollut tänään, hän kysyy. Kaupungilla vastaan, mutta tiedän, ettei se riitä vastauksesi. Ei ole ikinä riittänyt. Syytetäänkö minua jostain? kysyn. Hän vastaa, ettei tiedä vielä minun osuuttani tapahtumaan. Mihin tapahtumaan kysyn?

Sinun asunnossasi on tapahtunut tappo. Tiedätkö missä Make menee? Ei jumalauta, sekö se oli se Maken puhelu, tätäkö se tarkoitti. En kyllä yhtään ihmettele. Vaikka itse olen ollut poliisin kanssa paljon tekemisissä, niin Makeen verrattuna olen melkein enkeli. En tiedä Maken liikkeistä, itse en ole ollut paikalla. Annoin Maken ja porukan mennä kämpille odottamaan minua, kun itse hoitaisin asioita kaupungilla. Voiko joku todistaa? kysyy Päivänurmi Tottakai voi vastaan. Olen ollut Isäni kanssa koko päivän, siitä lähtien kun erkaannuimme Maken ja muiden kanssa. Sittenhän ei haittaa, jos soitan isällesi rikostutkija kysyy? Ei soita ihmeessä vastaan.

Päivänurmi nousee pöydän äärestä ja kävelee ulos. Hän palaa viiden minuutin päästä ja sanoo, että asia on minun kohdaltani selvä, mutta kannattaa pysyä kaupungissa. Isäni oli sanonut minun olleen hänen kanssaan koko päivän. Hän valehteli puolestani.? Olisinhan voinut kertoa totuuden, mutta silloin olisin joutunut istumaan täällä koko yön. Isäni ei olisi tarvinnut valehdella, kerrankin jotain apua siitä juoposta narsistista. Poliiseilla olisi kestänyt tarkistaa koko päivän tapahtumat. Eikä minulla ole sellaiseen aikaa.

KELLO 19.00

Klo 19.00 pääsen pois poliisilaitokselta. Onneksi poliisilaitoksen vieressä on K-market. Haen pari kylmää olutta ja istahdan puiston penkille. Olen juuri avannut ensimmäisen oluen, kun puhelin soi. Isä soittaa. Hei, mitä sinä olet nyt taas tehnyt? Tämä on viimeinen kerta, kun valehtelen sinun puolestasi. Äänestä kuuluu, että hän ei ole selvinpäin. Sanon hänelle vain Kiitos. Luulin, että puhelu olisi tässä, muuta hän jatkaa. Muista tulla huomenna ravintola pelimanniin klo 15, myös äitisi ja siskosi tulee. Yritän ehtiä vastaan ja painan punaista luuria.

Miksi hän valehteli puolestani? Hän, joka on aina painottanut, että ihmisen pitää ottaa vastuu elämästään. Hän saarnaa muille, mutta elää itse päinvastoin kuin saarnaa.

Mikähän on nyt niin tärkeää, että koko rakastava perhe kokoontuu? Perhe, jossa ¾ on alkoholisteja ja sisko, no siskoa ei voi edes kuvailla. Hän on kylmä ja perfektionisti ja hänen miehensä sitten. Ison kuljetusliikkeen toimitusjohtaja. Siinä on kulissit kunnossa, siinä perheessä. En ole tavannut siskoani viiteen vuoteen, en sen jälkeen, kun sain potkut meidän firmasta, samalla meni ne välit. No itsehän olin vienyt firman tililtä 100.000€ omiin velkoihini ja bailaamiseen. Miksi isä valehteli puolestani? Mikä oli hänen motiivinsa? Sytytän tupakan ja avaan uuden oluen. Alkoholi menee enää harvoin päähän, tulee vain tavallinen olo. Lääkkeillä ja alkoholilla saisi pään nopeasti sekaisin, mutta nyt en voi olla sekaisin.

Minun on jotenkin selviydyttävä tästä päivästä ja seuraavasta. Pitäisikö minun suunnata ulkomaille? Siellä voisin aloittaa uuden elämän, uuden paremman elämän. Ilman päihteitä ja riippuvuuksia. Uskon kuitenkin vahvasti, että ihmiset, joille olen velkaa eivät jättäisi asiaa siihen. Joku muu läheisistäni kärsisi. Tietävät-köhän ne Nikosta? En voi tehdä sitä hänelle. Olen juossut karkuun melkein koko aikuiselä-mäni. Nyt otan vastuun, vaikka se olisi viimei-nen tekoni.

Olen minäkin sankari, pitäisi olla hommaamas-sa rahaa ja täällä istun puistossa miettimässä elämää. Näinköhän ne puistokemistit elää? Nousen ylös ja suuntaan takaisin kasinolle. Pakko saada voitettua rahaa, aivan pakko. Vii-meinen mahdollisuus. En jaksa enää elää, mut-ta en haluaisi vielä kuollakaan.

Ajattelen Tiinaa ja hänen tarjoustaan päivälli-sestä. Tiina on kaunis, hoikka ja pitkä nainen. En oikeastaan tiedä hänestä paljon, haluaisin oppia tuntemaan. Tiedän, että hänellä on lap-sia kahden eri miehen kanssa. Toinen on narkkari ja toinen istuu linnassa. Miettien omaa tilannetta ja poikaani, ei Tiina edes varmasti haluaisi edes tutustua minuun. Olen samanlainen luuseri, kuin hänen exänsä. Miksi hän on niin kiltti minulle?

Elämäni on niin sekaisin, etten voi sotkea Tiinaa tähän. Vaikka niin kovasti haluaisinkin. En muista milloin olen ollut naisen kanssa sillä lailla. enkä kyllä oikeastaan millään lailla. Enkä kohta varmasti enää kerkeäkään. Lähtölaskenta on jo käynnissä ja minulla pelkkä menolippu kädessä.

KELLO 19.30

Avaan Kasinon oven ja suuntaan suoraan peli-
koneelle. Se tunne on aivan mahtava, kun saa
työntää rahaa koneeseen. Se tunne voittaa
kaikki tunteet. Ei ole olemassa parempaa tun-
netta. Pelatessani unohdan kaikki muut mur-
heet ja saan vain keskittyä tähän ihanaan pe-
liin. Yleensähän peluri jää aina häviölle, mutta
suurvoitto, on yleensä mielessä. Se onkin juuri
se, joka on niin koukuttavaa.

Pyöritän konetta pari kertaa kunnes ruutuun
ilmestyy Bonus kierros. Nyt kaksi Wildia ilmes-
tyy ruutuun ja vielä kolmas ja neljäs, yksi vielä
niin sitten olen taas rahoissa. Voi Jumala auta
nyt poikaasi. Kiekko pyörii kauan, tunnen kuin-
ka aika matelee. Kiekko pysähtyy ja taas wild
menee yhden yli. Minulla oli mahdollisuus voit-
taa 10.000€, mutta kone päätti, että 1500€
riittää. Eihän helvetti se riitä. 1500€ on monen

ihmisen kuukausi palkka, joilla heidän on pär-
jättävä koko kuukauden, mutta minulle se ei
ole koskaan riittänyt. Ehkä maksimissaan sillä
pärjää kaksi kokonaista päivää. Miksi me ihmi-
set juoksemme rahanperässä. Onko raha sama
kuin onnellisuus? Muistan isäni lempi sanon-
nan " Ei raha tuo onnea, mutta kivempaa itkeä
mersussa kuin bussissa"

Kello 20.40 suuntaan ulos kasinolta. vielä pitäi-
si jostain saada rahaa lisää. Sitten olen vapaa.
Vapaa veloista ja tästä kaikesta paskasta. Elän
kuten aina ennenkin, päivä kerrallaan. Välillä
sitä voittaa ja välillä häviää. Se on minun elä-
mäni kaava, ollut koko pienen elämäni.

Sain taloudellisesti loistavat kortit jo pienenä,
mutta rakkautta meidän perheessä ei ole kos-
kaan ollut, jos ei kädessäni olevaa rolexia sitten
kutsuta rakkaudeksi. Ehkä vanhempani, jossain

sisimmässään rakastaa minua, vaikka välit on-
kin poikki.

Istahdan taas puiston penkille ja sytytän tupa-
kan. Pieni krapula alkaa iskeä jo, kädet täristen
vedän ensimmäisen savun tupakasta. Samalla
puhelimeni soi. ÄITI soittaa? Miksi kaikki lähei-
seni haluaa olla minuun yhteydessä tänään.
Ehkä he aistivat, että en ehkä ole täällä enää
kauan. Vastaan puheluun. Äidin ääni sammal-
taa jo tai no niinhän varmaan minullakin. EN
vain itse enää sitä huomaa. Äiti pyytää minua
käymään, haluaa kuulemma keskustella ilman
isää ja siskoa. Vastaan, että tulen , jos kerkeän.

Mitä asiaa minulla on hänelle tai hänellä mi-
nulle. Emmehän ole jutelleet pitkään aikaan.
Viimeksi, kun tapasimme hän huusi, että ei ole
ansainnut tuollaista poikaa ja toivoo, että häi-
pyisin heidän elämästä. Miksi minun nyt sitten
pitäisi mennä sinne? Onkohan hänkin löytänyt

Jeesuksen ja alkaa saarnaamaan anteeksian-
nosta ja synneistä.

Päätän kuitenkin mennä, ehkä saisin lainattua
puuttuvat rahat häneltä. Pelaamaan en enää
mene, olen jotain oppinut. Yleensä voittoputki
katkeaa jossain vaiheessa ja silloin sitä alkaa
menettämään rahaa, ja kaikki pelataan takai-
sin, viimeiseen euroon asti. Olen itse todista-
nut sen niin monesti. Se tunne on kaikista kau-
hein, jopa krapula on taivas siihen tunteeseen
verrattuna. Kun pelaa kaikki rahat, niin silloin
tuntuu, että on pohjalla. Josta on todella vai-
kea päästä ylös.

Pakko hakea jostain lisää juomista. Muistan ne
juhlat silloin kun olin pieni. Isäni kaikki asiak-
kaat ja työntekijät olivat harva se päivä meidän
huvilallamme kesällä. Eikä mikään ihme, isällä
aina laatujuomia. Oli uima-altaat ja rantasau-
nat. Pakko myöntää, että kaipaan sitä elämän-

tyyliä. Sitä kun saa olla jotain, tuntea itsensä paremmaksi kuin muut.

Muistan kun pääsin ensimmäistä kertaa yökerhoon, sinne mentiin limusiinilla. Eikä naisista silloin ollut todellakaan pulaa. Sai melkein kivittää rumimpia. Muistan kun silloin jo pelasin paljon, enimmäkseen pelikoneita. Olin sinä iltana voittanut jotain 200€. Tanssilattialla sitten päätin, että nyt pannaan haisemaan. Heitin kaikki kolikot tanssilattialle ja huusin, että köyhät kyykkyyn. Tiedän, olin silloin todella kusipää. Muut luokkakaverit sai ensimmäiseksi autoksi Toyotan, kun taas minä ajelin uudella BMW M3: slla ja luulin olevani kuningas. Mies, jolle kaikki on mahdollista. Mies, joka tulee menestymään.

Tai niin ainakin luulin, uskon ja oikeasti myös toivon, että ne Corollalla ajavat entiset luokkakaverit olisivat menestyneet elämässä. Ainakin paremmin kuin minä. No siihen ei hirveästi tarvita. Kauppakorkean paperit taskussa istun puiston penkillä. Ei niin ruusuinen tulevaisuus, ei sellaista, kun toivon ja haaveilin.

KELLO 20.53

Nousen ylös puiston penkiltä ja suuntaan lä-
heiseen Alkoon, hakemaan jotain hyvää äidille
ja minulle. Toiset lapset veisivät varmaan kuk-
kia tai suklaata. Mutta meidän mammallemme
kelpaa vain kallein samppanja. On aina kelvan-
nut.

Tunnen kuinka amfetamiinin vaikutus alkaa
lakkamaan. Otan puhelimen esiin ja laitan vies-
tiä tutulle diilerille. Olen ollut hänen asiak-
kaansa jo kuusi vuotta. Hän ei yleensä myy mi-
nun kaltaisilleni, koska silloin hänen kiinnijää-
mis riskinsä kasvaa. Mutta minulle hän myy,
koska hänen isänsä ja minun isäni ovat Golf-
kavereita. Sovimme tapaamisen puolen tunnin
päästä viereisessä ravintolassa. Ja sehän sopii
minulle, alkoholi maistuu minulle. Kerkeän
käydä Alkossa myöhemminkin. Niin saadaan
äiti iloiseksi. Tuhlaajapoika palaa kotiin.

Saavun ravintolaan ja tilaan oluen. Yleensä en juo paljon olutta, koska se ei enää mene niin päähän kuin väkevä. Mutta tänään pitää olla skarppina, en saa sekoilla tänään. Huomenna sitten juhlitaan, jos kaikki onnistuu ja saan maksettua velkani. Juon oluen yhdellä kulauksella. Samalla viereeni saapuu noin 60 vuotias nainen, joka on todella humalassa ja alkaa silittelemään päätäni ja pyytää lähtemään hänen mukaansa. Ennen olisin varmasti lähtenytkin tollaisen pubi-ruusun matkaan, mutta ei tänään. Otan kuitenkin naisen numeron ja lupaan soittaa illemmalla. Hän nousee pöydästä, samalla antaen suukon poskelleni.

Jään yksin istumaan pöytään ja mietin Tiinaa. Miksiköhän hän on kiinnostunut minusta? Vai haluaako hän vain pelastaa uppoavan sieluni. Muistan kun kerran, jopa tein rituaalin ja möin sieluni saatanalle, olin hankkinut mustat kynttilät ja kaikki. Mutta ei se auttanut minua voittamaan Eurojacpotissa 90 miljoonaa. Ehkä minun sieluni ei ole 90 miljoonan arvoinen.

Tiina on mielessäni usein. Jossakin mieleni syvimmissä sopukoissa haluaisin tavallisen perhe-elämän. Voisimme perustaa Tiinan kanssa uusioperheen, jos saisin asiani kuntoon, niin ehkä saisin myös tavata Nikoa. Minun poikani.

Silloin kun Niko syntyi, oli se elämäni hienoimpia hetkiä. Kun näin ensikertaa poikani, olin jopa ylpeä minusta, Nikosta ja vaimostani. Synnytys oli rankka ja Nikon mahdollisuudet selvitä olivat heikot, napanuora oli kiinnittynyt kaulanympärille ja sydänäänet heikot. Silloin rukoilin Jumalaa, että anna tämän pojan syntyä maailmaan. Lupaan, että lopetan kaikki sekoilut ja keskityn perheeseen. Niin kuin monesti, onnistuin pettämään senkin lupauksen. En enää edes jaksa laskea rikottuja lupauksia, eikä se enää kosketa edes minua. Käytän ihmisiä häikäilettömästi hyväkseni ja aina lupaan parantaa tapani, kun jään kiinni. Se onkin onnistunut hyvällä todennäköisyydellä.

Eihän Niko edes tunne minua. Hänellä on uusi isä, joka on minua parempi. Vakituinen työ, omakotitalo, punainen Volvo ja mopsi. Kesät purjehditaan veneellä ja käydään saaristossa. Mitä minä edes voisin tarjota Nikolle? En sitten niin mitään. Ei minusta ole antamaan sitä turvaa, mitä lapsi tarvitsee. Rakkautta minulla on antaa, mutta ei pelkkä rakkaus riitä. Perusasiat tulee myös olla kunnossa. Ehkä minä vielä saankin asiat kuntoon, kaikilla osa-alueilla.

Pete saapuu samalla baariin. Hän antaa minulle paketin. Saatan jo aavistaa sisällön. Maksan hänelle huomaamattomasti. Kohta saan taas olla oma itseni, kohta saan tuntea sen ihanan aineen menevän sisääni ja saan lopetettua tämän ajattelemisen. Eihän se vie minua mihinkään, masentaa vaan ajatella menneisyyttä. Jos olisin pelannut kaikki kortit oikein, voisin jopa olla joku tässä yhteiskunnassa.

Otan paketin ja hyvästelen Peten. Hän hyppää uuteen Audiin ja huristaa pois paikalta. Minullakin voisi olla Audi tai Mese, jos en olisi mokannut tätä elämääni näin pahasti. Suuntaan vessaan, jossa valmistelen pääsyni taivaaseen. Ennen käytin Amfetamiinia suun kautta, mutta enää en saa kiksejä siitä. Tykittää suoneen on ainut mahdollisuus ja vaikutus alkaa melkein heti. Tunnen melkein kuin dopamiini tasoni nousee.

Pitäisikö sittenkin mennä kasinolle kokeilemaan onneani? Olenhan kuitenkin saanut tänään sen avulla vähän plussaa taseeseen. Yleensä olisin istunut siellä niin kauan, kun viimesetkin eurot olisi pelattu. Mutta tänään tuntuu kaikki erilaiselta. Kun ihminen ajetaan nurkkaan, hän yleensä löytää voiman selviytyä.

Olen pelannut työpaikkani, terveyteni, per-heeni. Mikään niistä menetyksistä ei saanut minua lopettamaan pelaamista ja päihteitä. Kumma, kun on omasta hengestä kyse, niin asiat muuttuvat. Ihminen on pohjimmiltaan egoisti.

KELLO 22.00

Katson Rolexiani, joka näyttää 22.00. Vielä on aikaa kerätä rahaa. Astun ulos baarista, aineen vaikutus on mahtava. Edes alkoholilla ei saa tämmöistä tunnetta. On jotenkin voittaja fiilis. Suuntaan uudestaan kasinolle, lupasin kyllä äidilleni tulla käymään, mutta pelihimo vie taas miestä. Silloin kaikki muu menettää merkityksen. Millään muulla ei ole väliä. Ei edes perheellä ja läheisillä. Äitini auttoi minua paljon rahallisesti, vielä silloin kun olin heillä töissä. Hän useasti ihmetteli, miksi rahani eivät riitä. Vaikka palkkakin oli melkein 30.000€ kuussa. Olen aina ollut hyvä salaamaan ongelmani ja sitten auttanut itseäni päihteillä. Peliriippuvuus on pahin riippuvuuteni, sen tuoma masennus saa minut juomaan ja käyttämään muita aineita.

Avaan kasinon oven ja tunnistaudun. Normaalisti pelaisin nettikasinoita, mutta sieltä kotiutus kestää kauan. Rahat olisivat tilillä vasta ensi viikolla ja silloin minä jo kasvaisin heinää.

Menen suoraan koneelle, en edes käy baarin kautta. Katson näitä ihmisiä. Täällä on taas tänään sekalainen seurakunta. On mummoja ja vaareja, jotka pelaavat koko eläkkeensä. On business miehiä, jotka pelaavat vain ajankuluksi. On tavallisia duunareita, jotka euron kiilto silmissä yrittävät rikastua. Ja sitten olen minä. Mihin kastiin minä kuuluun? En ole vanhus, enkä menestyvä, en edes tavallinen duunari.

Nyt pelataan oikeasti elämästä ja kuolemasta. Samalla saan tekstiviestin velkojiltani, muistuttavat, että aikaa ei ole enää paljon. Ihan niin kuin en itse sitä ymmärtäisi. Olen käyttänyt paljon päihteitä, mutta on minulla vielä järki päässä. Vai onko sittenkään, enhän muuten olisi lainannut heiltä rahaa, tällaisella korolla. Mutta minun oli pakko, luottotiedot menneet ja perhe oli lyönyt rahahanat kiinni. Ehkä he halusivat antaa minulle opetuksen. Kumpa he tietäisivät missä kusessa taas olen. Olen ollut kusessa useasti, mutta en ikinä näin pahassa. Ihminen yrittää kääntää asiat ja selitellä ne positiiviseksi omassa päässään. Ehkä se on yksi ihmisten tavoista selviytyä.

Syötän seteleitä koneeseen. Ihanaa lempipelini on vapaa. Päävoitto 8000€. Nyt tämä päävoitto on minun. En lähde täältä, ennen kuin olen sen voittanut. Nyt on pelin saldo täynnä. Sen tietää punaisesta valosta. Isoin panos ja nyt voitetaan ja isosti. Onnen on pakko kääntyä. Rahat hupenevat nopeasti, kone antaa vain pieniä voittoja. Viidentoista minuutin pelisession aikana 100€ on isoin voitta. Pian rahat loppuvat ja syötän koneeseen lisää rahaa. Nyt koneen on pakko antaa rahaa. Minulla ei ole muuta mahdollisuutta kuin voittaa. Vanha mummo vieressäni kysyy, eikö peli anna mitään? Ei vastaan hymyillen. Toivottavasti onni kääntyy vielä meillä molemmilla, hän tokaisee. Toivotaan vastaan hymyillen. Ihana mummeli. Vaatteista näkee, että hänenkin rahansa uppoaa näihin pelikoneisiin. Sen näkee pelitavasta, kuka on riippuvainen ja kuka pelaa huvikseen.

Syötän lisää rahaa koneeseen. Tämä kone vaan syö näitä rahoja. Pitäisi vaihtaa konetta. Teoreettinen voittomahdollisuus olisi silloin korkeampi, mutta tämä on lempipelini ja päätän jatkaa pelaamista. Painan koneen käynnistysnappia ja odotan vapaapelejä tai edes 1000€ voittoa. Mummolla vieressäni on rituaali, hän aina ennen käynnistystä painelee nappeja järjestyksessä. Kumma miten ihminen on taikauskoinen. Pelikone on rakennettu siten, että jonkun täytyy hävitä isoja summia koneeseen, että toinen voisi voittaa ja aina kumminkin kasino

jää voitolle. Syötän vielä lisää rahaa konee-
seen, toivoen parasta, mutta samalla pelkään
pahinta. Koneeseen hurahtaa satanen, toinen
ja kuudes, eikä suurempia voittoja tule. Pieniä
voittoja. Miten voi edes olla mahdollista, kun
panos on 4€ niin voitto voi olla 1€. Eihän tässä
ole mitään järkeä.

KELLO 23.00

Nousen ylös ja katson kelloani. Kello on 23.00. Vajaassa tunnissa hävitty 1200€, hieno Mikko, todella hienoa. Suuntaan kohti kasinon baaria ja otan oluen ja pähkinöitä. Minun illalliseni, täynnä hyviä proteiineja ja hivenaineita. Voisin olla syömässä illallista perheeni kanssa, enkä nyt tarkoita vanhempiani vaan ex-vaimoani ja Nikoa.

Kuinka rakastinkaan heitä paljon, mutta rakkaus ei riitä. Jos koko ajan lupaa parantua ja tekeekin sitten päinvastoin. Eihän sitä kukaan jaksa katsoa. Olen vain välillä todella yksinäinen. Niin yksin tässä kylmässä maailmassa. Parhaat kaverini ovat pelikoneet ja päihteet. Me olemme voittamaton tiimi.

Samalla puhelin soi. Maken äiti soittaa itkuisena. Hän on kuullut poliisilta, että Makea syytetään pahoinpitelystä, joka johti kuolemaan. Yritän rauhoitella Maken äitiä parhaani mukaan. Ihan kuin ei tässä olisi omiakin ongelmia. Lupaan olla yhteydessä, jos kuulen Makesta jotain. Yritän soittaa Makelle, mutta hänen puhelimensa ei ole päällä. Saatanan Make mitä olet mennyt tekemään. Make saa nyt ottaa vastuun omasta elämästään. Mitä minä edes voisin tehdä? Korjata taas hänen sotkunsa?

Se aika on nyt ohi. Jos saan selvitettyä omat sotkuni, olen tyytyväinen. Maken äitiä kyllä käy sääliksi. Hän on ollut hyvä äiti, tukenut Makea ehkä liikaakin. Aina auttamassa, kaikkia hätää kärsiviä, vaikka itse sairastaa syöpää. Eikä enää ole paljon aikaa hänellä. Miten Makesta tuli tuollainen? Vaikka hänen äitinsä on tehnyt kaikkensa poikansa eteen. Makella on kyllä iso ja lämmin sydän. Ei hän ole paha ihminen. Tehnyt vain huonoja valintoja elämässä, ihan kuin minäkin.

Viereisessä pöydässä on menestyneitä ihmisiä. Hienot puvut päällä. Mitähän he tekevät täällä? Ei heillä varmasti rahasta ole puutetta. Miksi he tulevat tänne voittamaan minun rahani? Minä niitä rahoja tarvitsen eivät he. Ei ainakaan vaatteista tai juomista päätellen. Tiedän kokemuksesta, että raha tulee rahan luo. Miksi ihmiset juoksevat rahan perässä? Miksi tämä yhteiskunta on rakennettu rahan ympärille? Mitä järkeä tässä kaikessa on?

Kulautan viimeset oluen rippeet kurkusta alas ja suuntaan takaisin pelikoneelle. Nyt on minun vuoroni voittaa. En edes jaksaisi enää pelata, mutta jos ei pelaa, ei voittokaan ole mahdollinen. Riskejä täytyy elämässä ottaa. Syötän taas koneen saldon täyteen ja alan pelata. Kone antaa ensimmäisellä kierroksella 100€. Nyt on voittaja fiilis. Nyt onneni kääntyy ja saan maksettua velkani. Sama vanha mummo on tullut vastapäätä minua pelaamaan. Nyt onneni kääntyy huudahdan hänelle. Hän hymyilee minulle takaisin lempeäsi. Jatkan pelaamista, nopeasti voittamani 100€ on pelattu takaisin. Vieressäni oleva mies suuttuu pelikoneelle ja alkaa hakkaamaan ja potkimaan sitä. Nopeasti on vartija paikalla, joka taluttaa miehen pois kasinolta. Mikä saa ihmisen raivoamaan noin pelikoneelle? Sairasta. Kyllä itsenikin olisi niin monesti tehnyt mieli lyödä kone paskaksi ja hakata oikein kunnolla. Ehkä, jos onneni ei käänny kohta, niin teenkin sen. Mitä väliä tässä kohta enää on? Kaikki on menetetty. Jatkan sinnikkäästi pelaamista. Olen todella paljon häviöllä. Kone syöttää taas vaan pieniä voitto-ja. Taas aikaa kuluu ja rahat loppuvat konees-ta. Katson seteleitä taskussani. Ei ole enää pal-jon jäljellä. Enää vajaat 1500€ jäljellä. Mistä minä saan puuttuvat 8500€.

Kello on jo 0.50. En sitten kerinytkään Alkoon ja äidille. Kun pelikone vie miestä, ei siinä äidin tunteet paljon paina. Nousen koneelta. Samalla vanha nainen hihkaisee ilosta. Hänen koneensa alkaa vilkkumaan. Päävoitto 10.000€. Hymyilen hänelle. Miksi juuri hän voitti? Minun koko elämä on tässä pelissä? Hän ottaa tyytyväisenä lapun koneesta ja siirtyy kohti kassaa, missä voiton voi lunastaa. Seuraan häntä katseellani, kuin haukkaa. Minun aikani käy vähiin ja tuolla naisella on rahaa, juuri sen verran, kun tarvitsenkin. Mikä sattuma. Menen naisen luokse, kun hän on lunastanut voittonsa. Onnittelen häntä voitosta ja esitän mukavaa. Sen minä osaan. Olenhan aikaisemmin osannut käsitellä vaikeita ja suorastaan kusipäisiä asiakkaita. Vanhan mummon huijaaminen on lasten leikkiä. Eikä minulla ole hävittävää. Jos jään kiinni joudun vankilaan, koska ehdollinen alla tai toinen vaihtoehto, että gangsterit nylkivät minut. Tai sitten onnistun pakenemaan poliisia ja saan maksettua velkani. Mummo selviää kyl-

lä aikeistani. Eihän hänellä ole muuta vaihto-
ehtoa.

Vanha mummo esittäytyy, hänen nimensä on
Inkeri. Hän pyytää minua mukaansa syömään.
Häntä käy minua sääliksi, koska hävisin niin
paljon pelikoneisiin tänään. Suostun hänen
kutsuunsa. Siirrymme pois kasinolta. Kaksi niin
erilaista ihmistä. Toinen iloitsee voitostaan ja
toinen on juuri hävinnyt oman elämänsä peli-
koneelle, tällä kertaa ihan kirjaimellisesti.

Inkerin kasvoista näkee, että hän on elänyt.
Ryppyinen iho, mutta todella lempeät silmät.
Vaatteet ovat suoraan kuin 70-luvulta ja hän
tuoksuu ihan mummolta. Itse en ole tavannut
omia isovanhempia, he kuolivat, kun olin vasta
pieni poika. Eikä perheeni ole heistä paljon
edes puhunut. Isän perhe oli todella köyhä ja
äidin puolelta isovanhemmat olivat taitelijoita
molemmat. He kuolivat hämärissä olosuhteis-

sa, eikä äitini ole heistä koskaan puhunut. Ei hyvää eikä pahaa. En edes tunne juuriani, molemmat vanhemmat olivat ainoita lapsia. Minulla on kuitenkin sisko, jonka kanssa en ole väleissä.

Sytytämme yhdessä tupakat ja hän kertoo pienestä eläkkeestään ja lapsenlapsista, jotka asuvat espanjassa. Voittorahoilla hän pääsee katsomaan heitä. Heidän nimensä ovat Jasper ja Jessica. Hän kaivaa taskustaan heidän kuvansa ja näyttää minulle ylpeänä. Nyt poika mennään syömään, Inkeri hihkaisee iloisesti. Seuraan vanhaa rouvaa. Hän luulee maksavansa minun ateriani hyvää hyvyyttään, mutta minulla onkin suunnitelma häntä varten. Kyllä Inkeri saa kerättyä Espanjan matka rahat muualta. Minä tarvitsen niitä nyt enemmän kuin hän.

Kello 01.20

Katson kelloani, se on jo 01.20, kun saavumme ravintolaan. Nyt juhlitaan kunnolla ja syödään kerrankin maha täyteen, Inkeri toteaa kiilto silmissään. Hänestä huomaa, että suurin osa hänen eläkkeestään menee pelikoneisiin, koska eihän tämä ole hieno ravintola. Ei sellainen mihin itse olen tottunut. Ihan perus rafla. Inkeri tilaa hampurilaisen, ranskalaiset ja juomaksi maitoa. Ihan oikeasti, mummu on juuri voittanut 10.000€ ja juhlii sitä MAIDOLLA. Itse tilaisin talon kalleinta Samppanjaa. Mutta jokainen tyylillään. Itselläni ei ole nälkä. Haluan vain luikerrella Inkerin nahan alle, jotta saan kolkattua hänen rahansa. Tilaan kuitenkin ison oluen. Voi poika parka, tuollako sinä meinaat elää? Inkeri tuumii. Voi kunpa hän tietäisi, näin olen elänyt jo monta vuotta. Tämä on minun elämäni, juuri minun näköiseni.

Inkeri alkaa kertomaan elämästään. Hän vaikuttaa todella yksinäiseltä. Hänen miehensä on kuollut jo 15 vuotta sitten maksakirroosiin, eli ei tarvitse kauan miettiä, mikä hän oli miehiään. Inkerin poika kuoli omankäden kautta 10 vuotta sitten ja tyttö perheineen on asunut Espanjassa jo 9 vuotta. Eli ihan perus suomalainen elämä.

Hän kyselee paljon minun elämästään. En halua avautua hänelle elämästäni, enhän ole pystynyt avautumaan kenellekään. En edes psykologeille, mihin perheeni yritti minua pakottaa silloin kun jäin kiinni firman rahojen varastamisesta. Kerron kuitenkin hänelle meidän firmastamme. Silloin hän luulee, että en ole vain hänen rahojensa perässä. Olen minä vain hyvä tässä. Olen hyvä huijaamaan ihmisiä.

Tuntuu, että Inkeri haluaa puhua asioistaan, hänen täytyy olla todella yksinäinen. Pakko myöntää, että nautin hänen seurastaan. Hänen silmänsä ovat haikeat ja hänen äänensä pehmeä, sitä voisi kuunnella kauemmankin. Samalla puhelimeni soi, Äiti soittaa taas. Ai niin minunhan piti tavata hänet vielä tänään. Vastaan puheluun. Äiti kuulostaa hysteeriseltä ja känniseltä. Isä on joutunut sairaalaan teho-osastolle tunti sitten. Sekin vielä. Pitääkö senkin kuolla tänään?

Olen nyt ison valinnan edessä, toteutanko suunnitelmani Inkerin varalta vai uhraanko aikani perheelleni? Nousemme Inkerin kanssa pöydästä ja suuntaamme ulos tupakalle. Saanko saattaa sinut kotiin? Kysyn Inkeriltä. Tottakai poika kulta hän vastasi. On turvallisempaa kulkea kahdestaan, nyt kun kassissani on noin paljon rahaa Inkeri vastaa. Näin saan tiedettyä hänen osoitteensa. Saatan Inkerin kotiin ja kiitän mukavasta illasta. Hän halaa minua ja kertoo kuinka ihana poika olen. Osaanhan minä olla mukava, kunhan siitä on jotain hyötyä minulle. Katson kelloani, se näyttää jo 02.40. Enää vajaa seitsemän tuntia aikaa kerätä rahat kasaan. Ja 8500€ puuttuu. Tiedän, että isäni talossa on ainakin sen verran käteistä, mutta kiinteistö on todella hyvin vartioitu. Uskon, että Isäni on kieltänyt vartijoita edes päästämään minua sisälle. Eli se vaihtoehto ei ole käytettävissä. Jos en halua poliiseja paikalle.

Sairaalaan pitäisi varmaan mennä, mutta ei minulle ole sellaiseen nyt aikaa. Perheeni on itse hylännyt minut. Miksi minä uhraisin heihin yhtään enempää aikaa? Samalla puhelin soi, tuntematon numero. Soittaja on siskoni. Hän on itkuinen ja kertoo, että isäni menehtyi juuri. Maksa ja munuaiset olivat pettäneet. Kiitän siskoani tiedosta. Miksi minua edes kiinnostaisi? Äitini on varmasti todella hajalla tästä tilanteesta. Minun, hänen poikanansa pitäisi olla siellä hänen tukenaan, mutta ei ole aikaa. Haluaisin vielä nähdä poikani viimeisen kerran. Haluaisin halata häntä ja pyytää anteeksi, että en ole ollut hänen tukenaan. En ole ollut se olkapää, mitä hän olisi tarvinnut.

Punnitsen mielessäni eri vaihtoehtoja. Yritin taas itse selviytyä tilanteesta, mutta kuten aina ennenkin, eihän siitä mitään tullut. Olen niin monta kertaa yrittänyt olla pelaamatta. Yrittänyt olla ilman päihteitä. Niin monta kertaa luvannut läheiselleni, että nyt lopetan ja menen hoitoon. Miksi se ei ole ikinä onnistunut? Mikä minussa on vikana? Miksi en osaa elää aiheuttamatta läheisille huolia?

Inkerillä olisi tarvittavat rahat, mutta onko minusta siihen? Viedä nyt häneltä mahdollisuus päästä katsomaan lapsenlapsiaan. Kumpi on tärkeämpi minun niin sanottu elämäni vai Inkerin, ehkä viimeinen mahdollisuus päästä tapaamaan läheisiään?

KELLO 03.00

Suuntaan läheiseen baariin. Baarissa kaksi miestä laulaa Aikuista naista täydestä sydämestä. Suuntaan baaritiskille. Tilaan yhden Samppanjan ja kanadalaisen viskin. Nostan maljan isälleni sinne jonnekin. Kyyneleet valuvat poskiani pitkin. Onko sinulla kynää ja paperia? kysyn baarimikolta. Iskikö kirjoitusvimma?, hän kysyy sarkastisesti

Kirjoitan kaksi kirjettä toisen Pojalleni ja toisen Äidilleni. Pojan kirjeeseen laitan Rolex kellon ja loput rahani. Kirjeen teksti kuuluu seuraavasti:

"**Rakas poikani**

En ole ollut sinun elämässäsi mukana. Mutta olet ollut ajatuksissani koko ajan. Tämä kello minkä nyt annan sinulle, on arvokkain omaisuuteni, mikä minulla on ollut. Nyt on sinun vuorosi pitää siitä hyvää huolta. Se on muisto sinun

vaariltasi. Toivon sinulle kaikkea hyvää. Pidä huolta perheestäsi, se on tärkeintä tässä elämässä. Toivottavasti sinä saat korjattua perhettämme vaivaavan kirouksen. Nyt sinä kellon uutena omistajana voit muuttaa tämän suunnan. Vaarisi tai Minä emme siihen kyenneet.

Rakkaudella : Isäsi "

Kyyneleet valuvat pitkin kasvojani. Minulla oli kaikki menestyksen avaimet kädessä, itse mokasin ja itse on minun kannettava vastuu. Nousen baaritiskiltä ja suuntaan ulos. Ex-vaimoni on töissä läheisessä vanhainkodissa. Soitan ex-vaimolleni ja pyydän häntä tulemaan ulos. Hän tulee minua vastaan pääovelle. Annan hänelle kirjeen ja pyydän antamaan Nikolle, kun hän täyttää 18-vuotta. Ex-vaimoni ihmettelee ja kyselee, onko kaikki hyvin? Ihan loistavasti vastaan hymyillen. Nyt on tunne, että kaikki muuttuu paremmaksi. Halaan häntä ja pyydän

pitämään hyvää huolta Nikosta. Käännän sel-
käni ja Ex-vaimoni huutaa perääni " Mikko, si-
nä olisit ollut hyvä isä, jos olisit ollut paikalla"
Käännyn ja hymyilen hänelle.

Sytytän tupakan ja katson ylös taivaalle. Isä,
kohta saamme olla yhdessä. Kiipeän sillankai-
teelle ja hyppään. Taskussani vain kirje äidille.

Hyvästi.

"Rakas Äiti

Anteeksi kaikesta mitä olen perheelle aiheutta-
nut. Anteeksi kaikki sekoiluni. Tiedän, että osa
syy juomiseesi on ollut minussa. Kun luet tätä
kirjettä, toivottavasti olen silloin Isän kanssa pa-
remmassa paikassa. Toivon, että haet apua on-
gelmiisi. Sinulla on paljon annettavaa. Halaa sis-
koani puolestani. Itsemurha oli ainut vaihtoeh-
to, en vain jaksanut elää enää. Ei elämäni ollut
elämisen arvoista. Toivottavasti, et muistele
pahalla.

Rakkaudella: Poikasi Mikko

.